Les océans

200 Questions/Réponses

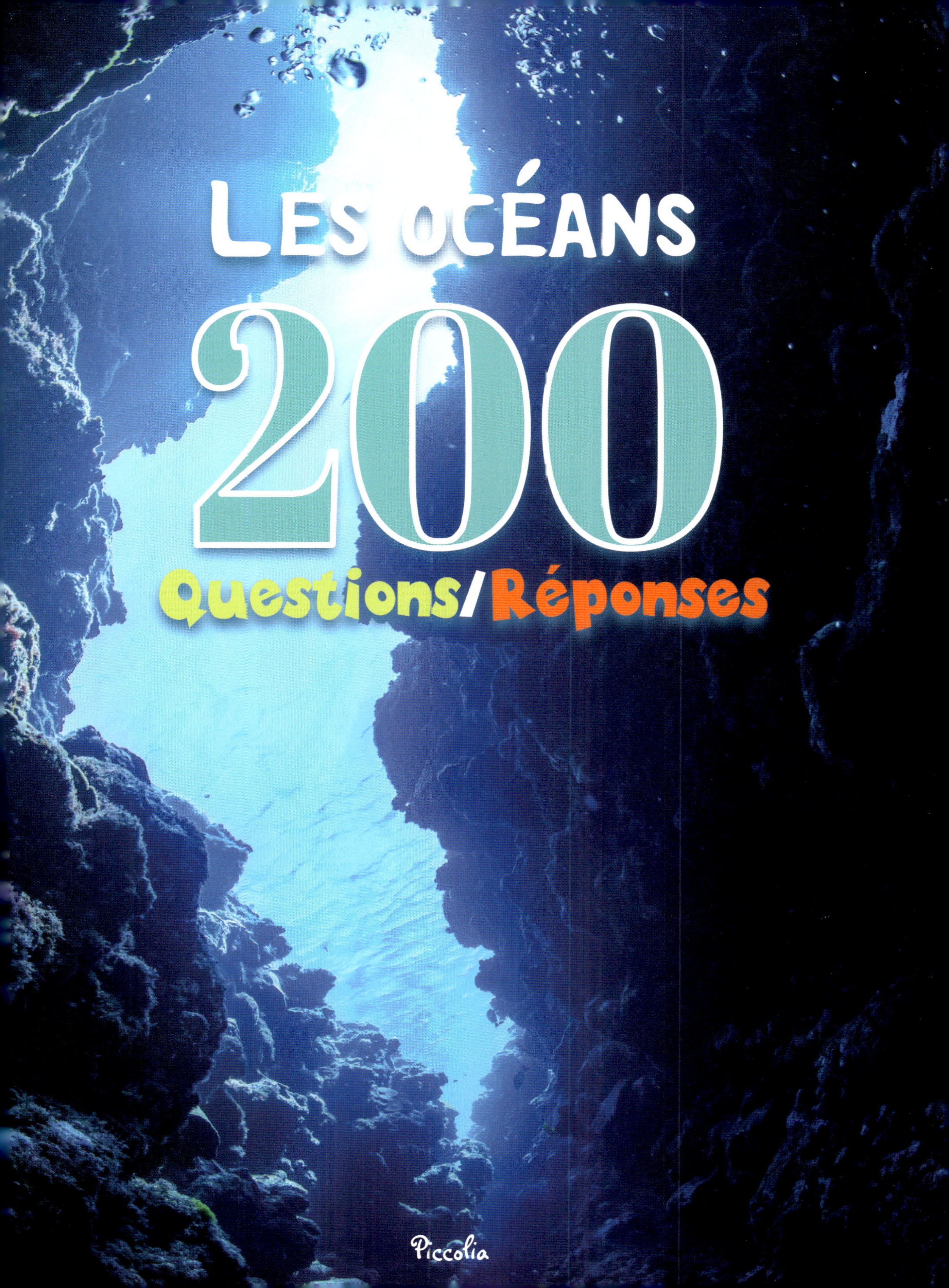

Piccolia

SOMMAIRE

AU BORD DES TERRES

1. Qu'est-ce qu'un rivage ?

Les rivages sont les lieux de rencontre entre les eaux salées des mers ou des océans et les terres faites de roche, de boue, de sable... Un rivage représente donc le bord de la terre mais aussi celui de la mer.

2. Où trouve-t-on des rivages ?

On trouve des rivages dans le monde entier, depuis les côtes glacées proches des pôles jusqu'aux plages de sable des zones tropicales chaudes. Au total il y a environ 700 000 km de rivages dans le monde.

3. Ont-ils des noms différents selon leur aspect ?

Si les roches sont hautes et verticales, ce sont des falaises. Si le sable est régulier et descend en pente douce, il s'agit d'une plage. Les rivages sont aussi appelés « côtes océaniques » ou « maritimes » ou encore « le littoral ».

4. Les rivages sont-ils immobiles ?

Non car grâce aux vagues, aux marées et aux courants, l'eau se déplace tout le temps. Ils forment des habitats naturels complexes : seules certaines espèces de plantes et d'animaux peuvent y vivre. Elles sont adaptées au perpétuel changement typique de la plupart des rivages.

L'ÉROSION DES CÔTES

5. Comment l'océan façonne-t-il les rivages ?

Les mouvements de l'océan usent (érodent) la roche jusqu'à la creuser parfois. Ce sont eux qui, par exemple, créent les falaises, les grottes ou les arches. Quand les grandes vagues et les courants forts frappent le rivage, ils peuvent même emporter des rochers de grande taille avec eux !

6. La résistance des rivages face à l'érosion dépend-elle du type de roche ?

Oui. Les roches dures, telles que le granit, sont robustes et peuvent résister à l'érosion pendant des siècles. En revanche, les roches dites tendres, comme la craie et le calcaire, s'érodent facilement face à l'assaut des vagues.

7. Les côtes sont-elles toujours faites de roche ou de terre ?

Non, certaines côtes situées près des pôles sont faites de glace ! Des blocs de glace peuvent se détacher d'un glacier et partir à la dérive : ce sont les icebergs.

8. Quelles sont les particularités des côtes polaires ?

Elles sont très froides et la vie y est très difficile. L'Arctique se constitue principalement d'une banquise, une étendue d'eau de mer gelée. Elle fond et rétrécit en été mais une partie reste solide toute l'année. L'Antarctique, lui, est une étendue de terre gelée.

Les maisons sur les falaises de Bonifacio en Corse

9. Quels autres phénomènes modifient les côtes ?

Le vent et la pluie ! Ils creusent petit à petit la terre, la glace et même la roche, emportant avec eux de minuscules particules.

Les falaises d'Étretat

Des glaciers

MARÉES ET COURANTS

10. Qu'est-ce qu'une marée ?

On appelle marée le changement quotidien du niveau de la mer. Elle est provoquée par l'attraction qu'exercent la Lune et le Soleil sur notre planète. Sur nos côtes océaniques, la marée montante (appelée le flux) dure environ 6 heures et 12 minutes. Tout comme la marée descendante (le reflux).

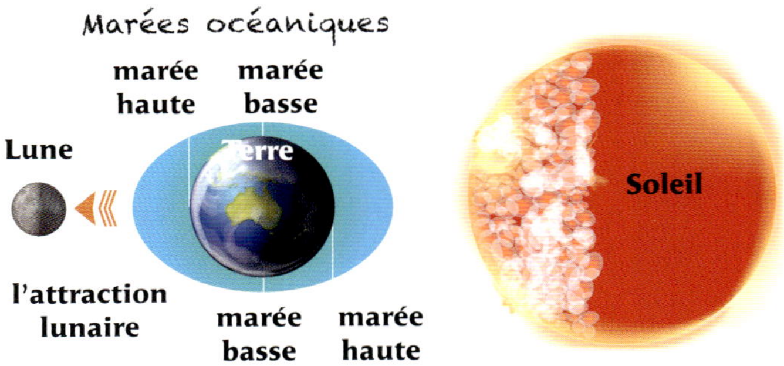

11. Qu'est-ce que l'estran ?

L'estran représente la zone située entre les limites extrêmes des plus hautes et des plus basses marées.

12. Qu'est-ce que le coefficient des marées ?

C'est la différence de hauteur entre la marée haute et la marée basse. Dans la baie du Mont-Saint-Michel, il atteint 15 mètres alors que dans certaines régions méditerranéennes, il n'excède pas 40 centimètres !

13. Comment les courants océaniques modifient-ils aussi nos côtes ?

Un courant fort, venant du large et se dirigeant vers le rivage, emporte des particules de sédiment qui s'accumulent sur le sol... et inversement. Les courants influencent aussi la direction et la force des vagues.

14. Qu'est-ce que le Gulf Stream ?

Le Gulf Stream est un courant océanique qui transporte de l'eau chaude dans l'Atlantique Nord. Il prend naissance au niveau de la Floride et du golfe du Mexique et remonte le long du littoral européen. S'il n'existait pas, le climat en Europe serait beaucoup plus froid !

MARAIS SALANTS ET BANCS DE VASE

15. Qu'est-ce qu'un marais salant ?

Un marais salant est un étang ou un bassin d'eau salée situé entre terre et mer. L'homme y dispose des barrages et des canaux pour récolter le sel, obtenu par l'évaporation de l'eau de mer sous l'action du Soleil et du vent.

17. Pourquoi tous les marais salants n'ont-ils pas la même couleur ?

La couleur des marais salants varie selon la salinité de l'eau et les algues, bactéries et autres micro-organismes qu'elle contient. Elle peut être verte, orange, rose, rouge...

16. Qui vit dans les marais salants ?

Les plantes des marais salants disposent de racines capables de se développer à la fois dans l'eau douce et dans l'eau salée ! C'est le cas par exemple de la salicorne, de la spartine anglaise ou de l'œillet marin. L'eau peu profonde, bien chauffée par le Soleil, favorise la prolifération de plancton, de vers et de crustacés qui font le festin de nombreux oiseaux.

Un tortillon de ver de vase

Quelques coquillages

Un crabe enragé

18. Comment se forment les bancs de vase ?

Ils apparaissent principalement dans les estuaires et les baies abritées des remous de l'océan. De petites particules de sédiments s'accumulent ainsi que de l'argile, une roche meuble qui, imbibée d'eau, ressemble à une pâte. L'eau devient brunâtre et le fond boueux.

Des marais salants en Camargue

19. Comment appelle-t-on les êtres vivants qui habitent les bancs de vase ?

Ce sont des limicoles. Dans le sol, on trouve des annélides (des vers), des salicoques et des coquillages (hydrobies, turritelles, coques et différents types de palourdes). Les oiseaux sont surtout des échassiers tels que les barges ou les bécassines. Ils viennent à marée basse se nourrir des vers et des coquillages qu'ils trouvent dans la vase.

LES PLAGES DE SABLE

La laisse de haute mer

20. Qu'est-ce que la laisse de haute mer ?

Lorsque la marée est descendante, elle abandonne derrière elle un ruban de débris : c'est la laisse de haute mer. Les animaux, notamment les mouettes, les loutres et les lézards viennent y chercher de la nourriture, comme des poissons ou des crabes morts.

21. Que deviennent les petits animaux des rivages sablonneux ?

Ils servent de nourriture aux plus gros prédateurs qui suivent la marée : les seiches, les poulpes et les poissons comme le mérou ou la sole.

22. Où vivent les animaux du rivage ?

Bon nombre d'animaux du rivage vivent sous la surface. À marée basse, ils se cachent dans le sable. Mais à mesure que l'eau monte, elle amène avec elle du plancton (formé de plantes et de crustacés minuscules) ainsi que des restes de végétaux et d'animaux morts. Les crevettes de sable, les vers, les palourdes, les tellines, les couteaux... s'en nourrissent.

23. Pourquoi y a-t-il peu de plantes sur les plages ?

On distingue deux zones sur les plages, délimitées par la marée haute : dans la zone située au-dessus, seule l'eau de pluie mouille le sable et s'évapore très vite. Donc, le sable est sec en surface et peu de plantes peuvent y pousser. Dans la zone en dessous, le flux et le reflux des vagues ne permettent pas aux végétaux (les algues par exemple) de s'enraciner dans un sol aussi meuble que le sable.

24. Qu'est-ce qu'une dune ?

Sur certains rivages, les vents emportent les grains de sable vers le haut de la plage en direction de la terre. Cela forme des collines appelées « dunes ». Constamment exposées au vent et à la sécheresse, les plantes capables d'y pousser sont dites « ammophiles ». Leurs racines empêchent les grains de sable de s'envoler, ce qui permet de stabiliser les dunes.

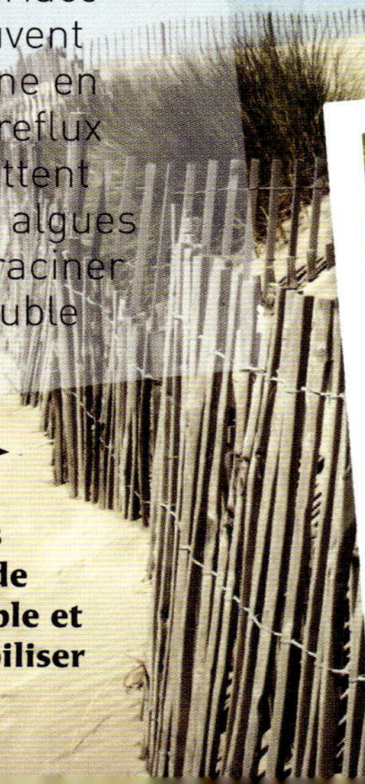

Les barrières permettent de retenir le sable et donc de stabiliser les dunes.

De la végétation dans les dunes

Des oyats (plantes des dunes)

LES MANGROVES

25. Que sont les mangroves ?

Les mangroves sont des habitats de rivage peu communs. On les trouve dans les régions tropicales, là où le vent, les vagues et les courants sont faibles... ce qui favorise l'accumulation de la vase. Dans ce type de terrain, il n'y a pas d'oxygène permettant aux végétaux terrestres d'y vivre. Une seule espèce d'arbre s'y développe : le palétuvier.

26. Comment les palétuviers font-ils pour absorber l'oxygène de l'air ?

C'est grâce à leurs racines aériennes, qui sont de trois sortes : certains ont des racines-échasses, qui maintiennent l'arbre au-dessus de l'eau. D'autres ont des racines-anses : elles poussent horizontalement dans la vase, ressortant par endroits sous la forme d'anses. Puis, il y a les racines-stalagmites.

27. Les mangroves abritent-elles des espèces animales ?

On y trouve des animaux marins. Les plus grands sont les dugongs et les lamantins qui mangent les feuilles et les fleurs tombant des palétuviers. Les poissons et les tortues nagent dans l'enchevêtrement des racines alors que les crabes violonistes creusent des terriers dans la vase ou grimpent sur les racines.

Un dugong

Un héron strié

Un crabe violoniste

28. Des animaux peuvent-ils y vivre hors de l'eau ?

Oui, les oiseaux nicheurs, le crabe terrestre, le serpent d'eau et le chat viverrin, (ou chat pêcheur) vivent dans les mangroves. En Asie du Sud et du Sud-Est, les tigres se glissent entre les arbres à la recherche d'une grosse proie. Le singe nasique est l'un des habitants les plus étranges des mangroves. Le mâle est doté d'un long nez mou en forme de trompe qui peut atteindre 10 centimètres de long.

LES GALETS

29. Les plages de galets sont-elles des habitats très hostiles ?

Oui, elles sont souvent exposées aux vents, vagues et courants assez forts qui emportent les petites particules comme le limon et les grains de sable. Ils ne laissent sur les plages que des cailloux et des gros morceaux de roche.

Un grand gravelot qui couve.

Un nid bien camouflé !

Une sterne naine

30. L'aspect des plages de galets peut-il changer ?

Les tempêtes et les courants forts déplacent les galets ou peuvent même les faire disparaître : les vagues puissantes les emmènent dans la mer. Parfois, les galets s'accumulent au fil des années et forment une flèche. Cette dernière protège la terre de la force des vagues et permet la formation d'autres types de rivages, comme des bancs ou des plages de sable et des lagons.

31. Pourquoi les galets sont-ils ronds ?

En faisant rouler les galets, les vagues les usent et les polissent. Voilà pourquoi leur forme est si ronde et lisse. Ces plages n'ont pas beaucoup de végétation : seules les plantes robustes peuvent y vivre, comme l'huître végétale et le chou de mer qui s'enracinent solidement dans le sol. Sur les rochers, on trouve du lichen (un végétal formé de l'association d'une algue microscopique et d'un champignon) et des algues dites « simples ».

32. Qui vit sur ces plages ?

Le grand gravelot, la sterne naine ou les huîtriers pies se reproduisent, entre autres, sur les plages de galets. Les femelles pondent leurs œufs, parfaitement camouflés car ils ressemblent aux galets qui les entourent.

Un huîtrier pie

ESTUAIRES ET LAGONS

33. Qu'est-ce qu'un estuaire ?

Un estuaire est la partie de la côte où un fleuve se jette dans la mer. Le fleuve peut déboucher en un petit canal ou au contraire, s'élargir de plus en plus en s'approchant de la mer. Parfois, au niveau du rivage, le fleuve est si large qu'il est impossible de distinguer l'autre berge !

34. Qu'est-ce qu'un delta ?

Plus l'eau du fleuve approche de la mer, plus son flux ralentit. Les particules de sédiments (ou alluvions) n'étant plus maintenues en suspension par le courant, elles retombent à différents endroits selon leur taille, formant des amas. À force de se déposer sur le fond, les particules peuvent constituer des bancs émergeant de l'eau. L'embouchure du fleuve ainsi divisée en plusieurs bras se nomme un « delta ».

Les canaux et bancs de sable à l'embouchure du fleuve Murray (Australie) changent au fil des mois et des années, notamment lors des tempêtes d'hiver.

35. Que veut dire « saumâtre » ?

Les estuaires sont constitués d'eau douce venant du fleuve et d'eau salée issue de la mer. Elles se mélangent constamment en fonction des marées, des courants et des pluies. On dit de cette eau en partie salée qu'elle est saumâtre.

Estuaire de Río Miño, Espagne

Talmont-Saint-Hilaire, France

Un flamant rose

36. Qu'est-ce qu'un lagon ?

Un lagon est une zone abritée derrière une barrière comme, par exemple, un cordon de galets ou un récif de corail. Protégés des fortes vagues, les lagons sont généralement calmes, peu profonds, et leurs eaux chaudes regorgent de vie.

37. Qui vit dans les lagons ?

Certains lagons sont habités par de grands échassiers, les flamants : le rose du Chili ou d'Afrique, ou encore le rouge des Caraïbes. Ils filtrent l'eau à la recherche de minuscules crevettes, de plancton et d'algues grâce à des lamelles situées sur les bords intérieurs de leur bec.

Lagon et barrière de corail de l'île Raiatea, Polynésie française

Lagon et barrière de corail de l'île Maurice

CÔTES ET CUVETTES

38. Pourquoi les moules et les bernacles vivent-elles à même la roche ?

Lorsque la marée monte, elles filtrent dans l'eau les petites particules comestibles. Les patelles s'accrochent fermement aux rochers et se déplacent lentement pour se nourrir d'algues qu'elles arrachent avec leur langue râpeuse appelée « radula ». Dans les cuvettes de marée, les algues sont de véritables forêts pour les petits animaux : coquillages, crabes, crevettes...

39. Qu'est-ce qu'une cuvette de marée ?

Les cuvettes de marée se forment sur le rivage rocheux lorsque la mer se retire. De nombreuses espèces animales et végétales y vivent : les algues captent l'énergie du Soleil pour se développer et les animaux herbivores (bigorneaux, patelles...) s'en nourrissent. Les prédateurs, comme les poulpes ou certains escargots de mer, se cachent dans les crevasses et chassent les herbivores.

Des bernacles
Des moules
Des patelles

40. Quelles algues trouve-t-on sur l'estran ?

Une variété d'algue verte et le varech vésiculeux poussent souvent dans les zones les plus hautes de l'estran. On trouve l'ascophylle noueux un peu plus bas et, en s'approchant de la zone de marée basse, les algues rouges. Leur présence varie en fonction de l'exposition de la côte au vent et aux vagues. Sur certains rivages constitués de roches dures, les algues s'accumulent parfois sous forme de lignes.

Des ascophylles noueux

Du varech vésiculeux

Des algues rouges

VISITEURS DES RIVAGES

41. Qui sont les visiteurs du rivage ?

De nombreux animaux arpentent les rivages mais n'y habitent pas. Certains y viennent pour se nourrir ou se reproduire. Par exemple, les loutres se nourrissent souvent de poissons et de crabes dans les cuvettes de marée et les étendues d'eau peu profondes. D'autres s'y arrêtent pour se reposer au cours de leurs longs voyages lorsqu'ils migrent.

42. Les oiseaux migrateurs s'arrêtent-ils sur les rivages ?

Certains migrent vers les côtes pour y passer l'hiver, quand les eaux où ils vivent gèlent. C'est le cas des échassiers comme les bécasseaux, bécasses, barges et courlis. Les canards sauvages, les oies ou les cygnes font de même ou s'octroient une courte pause au cours de leur migration.

Un courlis

Un regroupement de barges à queue noire dans la baie de Somme

Un bécasseau

43. Que viennent faire sur la plage les phoques et les lions de mer ?

Les phoques, les lions de mer et les morses nagent au large pour se nourrir et viennent se reposer et prendre des bains de Soleil sur les plages ou les rochers. Les femelles laissent leur petit sur le rivage quand elles partent chasser en mer. Mais, quelques semaines après sa naissance, le petit est capable de suivre sa mère dans l'eau.

44. Quel est le visiteur le plus rare ?

La tortue marine ! La nuit, la femelle se hisse sur la plage, creuse un grand trou avec ses pattes avant, pond ses œufs, les enterre et repart vers la mer. Plusieurs semaines plus tard, les œufs éclosent et les petits remontent très vite à la surface. Ensuite, c'est la course vers la mer : une grande partie d'entre eux sera dévorée en chemin par les prédateurs à l'affût !

Trois tortues vertes viennent pondre sur la plage.

AU-DESSUS DU RIVAGE

Un pygargue à tête blanche

45. Pourquoi les oiseaux marins volent-ils le long des côtes ?

Les oiseaux comme les goélands, les échassiers et les oiseaux de proie volent le long des côtes à la recherche de nourriture. Les pygargues sont des aigles pêcheurs, notamment celui à tête blanche (qui est l'emblème national des États-Unis) et celui de Steller, le plus gros et le plus puissant de tous.

Des fous de Bassan

Un pygargue de Steller

46. Pourquoi nichent-ils sur les falaises ?

La majorité des oiseaux marins niche sur les falaises car ce sont des endroits sûrs. Les saillies rocheuses abruptes rendent l'accès aux œufs et aux poussins difficile pour les prédateurs (comme les renards, les lézards et les serpents). Parmi ces oiseaux, on trouve le fulmar, le macareux, le puffin des Anglais et le fou de Bassan.

47. Où se posent-ils pour dormir ?

À la tombée de la nuit, la plupart des oiseaux se posent pour dormir sur les falaises. Mais ce n'est pas le cas des hiboux et des chauves-souris. En Amérique du Nord, la chauve-souris pêcheuse plonge pour attraper des poissons et insectes aquatiques. Mais elle part ensuite dormir en forêt, dans des arbres creux.

48. N'y a-t-il que les oiseaux qui volent le long des rivages ?

Un agreste

Les insectes volants sont nombreux le long des rivages, particulièrement en été. Les scarabées et les mouches volent autour des algues et des cadavres d'animaux en décomposition. Les papillons voltigent vers le haut des rivages et des falaises à la recherche de nectar de fleurs. Par exemple, l'agreste en France et le très rare *Apodemia mormo langei* d'Amérique du Nord vivent dans les dunes de sable.

LES ANIMAUX DU LITTORAL

49. Quels sont les petits poissons qui vivent près des rivages ?

Il en existe plusieurs espèces. Les blennies, dont les mordocets, n'ont pas d'écailles : ils sont recouverts d'une peau dure et lisse qui leur permet de se déplacer très vite dans l'eau.

Ce poisson-grenouille a de longues nageoires latérales spatulées qui lui permettent de se redresser.

50. Quelles sont les particularités du crabe ?

Il possède huit pattes pour se déplacer et deux pinces puissantes dont il se sert pour manger ou se défendre. Lorsqu'il se sent à l'étroit dans sa carapace, il mue : il s'en débarrasse et une nouvelle à sa taille apparaît ! La plupart des crabes sont nécrophages : ils se nourrissent de cadavres d'animaux.

51. Qu'est-ce qu'une anémone ?

Les anémones des rivages ressemblent à des boules gélatineuses quand la marée est basse, et à des fleurs colorées lorsqu'elle est haute. Ce sont des animaux prédateurs. Leurs tentacules venimeux attrapent les poissons, les crevettes et autres proies, les paralysent et les dirigent vers leur bouche.

52. Quels coquillages trouve-t-on sur les rivages ?

Le buccin et la troque possèdent des coquilles semblables à celle des escargots. Celles des porcelaines sont ovales, de couleurs vives et d'aspect brillant. Les coquillages bivalves (palourdes, huîtres, coques, coquilles Saint-Jacques...) ont une coquille en deux parties appelées « valves ».

Une actinie rouge dans l'eau

Une actinie rouge hors de l'eau

Des porcelaines

Des troques

53. Comment se nourrit l'étoile de mer ?

C'est une chasseuse lente mais redoutable. Elle se met sur sa proie (principalement des moules ou des coquilles Saint-Jacques) et ouvre la coquille avec ses bras musclés. Puis, elle sort son estomac de sa bouche, absorbe la chair de sa proie et le rentre aussitôt pour digérer.

Une étoile de mer

LES DANGERS DU RIVAGE

54. Qu'est-ce qu'un tsunami ?

Parfois, les rivages subissent d'énormes catastrophes naturelles. Les plus dévastatrices sont les vagues géantes nommées « tsunamis ». Elles sont provoquées par un tremblement de terre, une éruption volcanique ou un glissement de terrain sous-marins. Cela crée des ondulations qui se propagent en grandissant jusqu'aux côtes.

55. Qu'est-ce qui soulève l'eau de mer et crée d'immenses vagues ?

Les vents violents des ouragans, les typhons et les cyclones forment ces vagues. Elles s'abattent sur les rivages, écrasant les bâtiments et inondant les terres intérieures sur des centaines de kilomètres parfois. En 2008, le cyclone Nargis a frappé la Birmanie en Asie du Sud-Est. Il a fait plus de 100 000 morts, laissé des millions de personnes sans abri et a inondé d'eau salée des zones immenses, détruisant tout sur son passage.

56. Comment signaler les rivages dangereux ?

Depuis des siècles, les balises lumineuses, lanternes, phares et bateaux-phares ont pour rôle de signaler les rivages dangereux aux bateaux. Les principaux risques sont de s'échouer sur un banc de sable ou de percuter des rochers proches de la surface. Chaque phare clignote selon un intervalle de temps différent afin que les marins puissent l'identifier.

Une méduse sur le sable est un risque.

57. Est-il dangereux de marcher sur le rivage ?

Marcher sur le rivage ou barboter dans l'eau peu profonde peut s'avérer dangereux, notamment dans les régions tropicales. Des animaux venimeux, comme certaines méduses, le poisson-scorpion, le poisson-pierre ou des cônes tels que *Conus geographus* peuvent tous provoquer la mort par piqûre.

LES HOMMES ET LES RIVAGES

58. Les rivages sont-ils utiles à l'homme ?

Les êtres humains vivent le long des rivages et des côtes depuis des milliers d'années. Ils chassaient sur les terres et pêchaient en mer. Ils se déplaçaient sur des embarcations le long de la côte et remontaient les fleuves pour entrer dans les terres. Ces embarcations transportaient les productions locales et permettaient aux hommes de faire du troc puis, plus tard, du commerce.

59. En quoi consiste la pêche ?

Les poissons, poulpes, crabes et homards sont capturés avec des filets, des harpons ou des hameçons et lignes de pêche. Les coquillages sont ramassés à la main. Les huîtres et les moules sont élevées dans des parcs. Les algues, utilisées en cuisine, entrent dans la composition de produits cosmétiques ou de teintures pour textile.

Des produits à base d'algue

60. Que peut-on faire sur les plages ?

Dans les eaux peu profondes, les sportifs s'adonnent au surf, à la planche à voile, au kitesurf (surfeur tracté par un grand cerf-volant), au ski nautique ou au parachute ascensionnel. La pêche à pied, à la ligne ou à l'épuisette est quant à elle un passe-temps pouvant se conclure par un savoureux repas !

61. Les rivages ont-ils un rôle dans l'artisanat et les religions ?

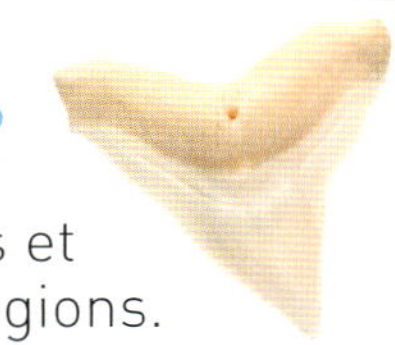

Les rivages sont très importants dans les arts et l'artisanat traditionnels ainsi que dans les religions. Le bois flotté est utilisé pour la sculpture et les coquillages sont collectionnés pour leur beauté. Un collier en dents de requin est supposé donner de la force à celui qui le porte. Les dieux et les esprits de la mer existent dans de nombreuses religions ou croyances comme Kauhuhu, le dieu-requin de Polynésie.

La pêche aux palourdes

Une balade à cheval

62. Quels sports pratique-t-on sur les plages ?

Les grandes plages plates attirent les sportifs car elles sont idéales pour faire des courses ou de longues promenades à cheval. Les courses sur le sable peuvent être de chars à voile, de vélo ou tout simplement à pieds. Le sable plus mou est parfait pour faire du volley-ball, football et autres jeux de ballon.

Du kitesurf

TRANSPORT ET COMMERCE

63. Qu'est-ce qu'une éolienne offshore ?

C'est une éolienne installée en mer, qui utilise la puissance des vents marins pour produire de l'électricité. Elle est ancrée sur les fonds marins ou posée sur une structure flottante. Les vents du large étant puissants et réguliers, les éoliennes offshore peuvent produire jusqu'à deux fois plus d'énergie que celles à terre.

Une rangée d'éoliennes de rivage en mer hollandaise

64. Pourquoi trouve-t-on souvent des centrales électriques le long des rivages ?

Les centrales profitent de la proximité de l'eau de mer pour refroidir leurs générateurs afin d'éviter la surchauffe !

Une centrale électrique en Pologne

65. Les centres touristiques situés sur les rivages peuvent-ils nuire à l'environnement ?

Ils entraînent la construction d'immeubles, de routes et de ports, défigurant les côtes naturelles. Ils génèrent aussi de la lumière, de l'activité et du bruit près du rivage et des eaux peu profondes. Cela effraie les animaux marins qui s'éloignent de leur habitat naturel.

Un transport de fer

66. Pourquoi certaines usines industrielles sont-elles situées le long des côtes ?

Les cargos livrent les matières premières (charbon, pétrole, minerais...) et emportent les produits finis. Malheureusement, les déchets et les produits chimiques résiduels des usines peuvent se déverser dans la mer, par infiltration ou par des canalisations.

67. Pourquoi trouve-t-on des villes, des ports et des centres industriels le long des rivages partout dans le monde ?

Les ports sont des endroits stratégiques car ils nous permettent de faire des échanges commerciaux ou touristiques avec l'étranger.

Les ports de Singapour (en Asie du Sud-Est) sont actifs jour et nuit, tout au long de l'année.

SAUVER NOS RIVAGES !

68. Pourquoi le réchauffement planétaire menace-t-il en particulier les rivages ?

Parce que les glaciers fondent et leur eau se déverse dans les mers et les océans. En s'élevant, le niveau d'eau modifie peu à peu les côtes... jusqu'au jour où il inondera et fera disparaître des habitats naturels, des villes et des champs de culture situés à proximité du rivage. Avec le changement climatique, les ouragans, les typhons et autres tempêtes ont tendance à devenir plus fréquents, provoquant de redoutables destructions sur les rivages.

Une vue contrastée du port de Montevideo, Uruguay

Le sauvetage d'un globicéphale

69. Comment participer à la préservation des rivages ?

Nous pouvons tous participer à la préservation des rivages en aidant des organismes de protection, qu'il s'agisse de grandes entités internationales ou d'associations locales. En France, tu peux contacter la Direction de l'Environnement de ta région pour connaître les projets concernant les rivages qui ont besoin d'aide.

70. Pourquoi devons-nous les protéger ?

Nous devons nous efforcer de protéger et de préserver les rivages pour de nombreuses raisons. Chacun d'eux est un habitat unique qui, une fois anéanti, peut disparaître à jamais. Les rivages souffrent de problèmes liés à la fois à la pollution des terres et à celle des océans : ils nécessitent une attention particulière.

71. Quel est le meilleur moyen ?

L'un des moyens que nous avons trouvé pour préserver les rivages est de les transformer en réserves naturelles ou en parcs classés. La zone protégée peut être un espace de terre s'étendant sur la mer ou un parc marin qui s'étend sur la terre. Le plus grand parc est le Monument national marin de Papahanaumokuakea, dans le Pacifique. Il est composé des îles du nord-ouest d'Hawaï et des mers les entourant.

Archipel d'Hawaï

LE RÉCIF CORALLIEN

72. Qu'est-ce qu'un récif corallien ?

C'est un amas de micro-organismes. En effet, un récif de corail est constitué de nombreux animaux minuscules (appelés « polypes ») qui vivent en colonies. Parfois millénaires, ces rochers « vivants » peuvent mesurer 2 000 kilomètres de long.

73. Les polypes sont-ils les seuls organismes marins à constituer les récifs ?

Non, d'autres êtres vivants, comme certaines éponges ou des concombres de mer, viennent s'y ajouter. Lorsqu'ils meurent, la substance dure (appelée « silice ») qu'ils possèdent dans leur corps se dépose sur le récif, le faisant ainsi augmenter de volume.

Une éponge

74. Qu'abritent-ils ?

Les récifs abritent une grande variété de plantes et d'animaux. Les récifs et tous les êtres vivants qui y habitent forment un écosystème très divers et multicolore !

75. Certaines plantes vivent-elles près des récifs ?

Oui, c'est le cas des palétuviers qui, dans les eaux peu profondes, s'enracinent dans le sable et s'accumulent autour des récifs. Cela permet à certains animaux, comme les crabes, de se cacher sous leurs racines.

Des racines de palétuvier et du corail

76. Comment se reproduisent-ils ?

Les polypes peuvent se reproduire de deux manières. Un œuf peut se transformer en planula, ou un adulte peut former un bourgeon, qui donne naissance à une réplique de lui-même.

ZOOM SUR LES CORAUX

77. À quoi ressemblent les polypes ?

Les polypes coralliens, qui construisent les récifs, ont un corps mou, semblable à un tube en caoutchouc ouvert en son centre. Cette ouverture est la bouche. Elle est entourée d'une rangée de tentacules dont chacun est équipé d'aiguillons.

Différents polypes de coraux

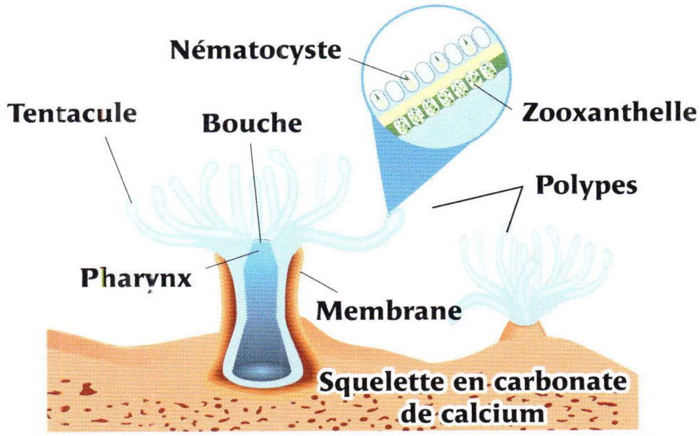

L' anatomie du corail

78. Que sont les zooxanthelles ?

Ce sont des algues microscopiques qui vivent à l'intérieur du corps du polype, et lui fournissent une partie de la nourriture dont il a besoin pour grandir. En retour, le polype offre à l'algue un lieu sûr où se développer. La zooxanthelle a besoin de la lumière du Soleil pour survivre, c'est pourquoi elle vit à l'intérieur des tentacules du polype, là où elle peut la recevoir.

79. Comment se nourrissent-ils ?

Les polypes des coraux ne peuvent pas se déplacer, et se contentent donc d'attraper tout ce qui passe à leur portée, en s'aidant de leurs tentacules. Lorsqu'un tentacule touche quelque chose de comestible, un aiguillon minuscule jaillit et transperce la peau de la proie. Le tentacule attire ensuite la proie vers la bouche du polype.

80. Comment se protègent-ils ?

Ils protègent leur corps mou en développant une enveloppe dure. Cette enveloppe est faite de carbonate de calcium, une substance solide qui se transforme en pierre au fil du temps. Chaque enveloppe a une forme de dôme, à l'intérieur duquel grandit le polype. Tandis que de nouveaux polypes se développent, ils construisent leurs enveloppes par-dessus celles qui existent déjà, et font ainsi s'accroître le récif.

81. Qu'est-ce qu'une planula ?

C'est un jeune polype. Elle est recouverte de poils minuscules qui lui permettent de se déplacer dans l'eau. Elle peut ainsi flotter pendant plusieurs jours ou plusieurs semaines, avant de trouver une surface dure où se fixer. Là, elle se développera pour se transformer en adulte.

DURS ET MOUS

Du corail dur

Des coraux mous

82. Combien y a-t-il de sortes de coraux ?

Il existe deux sortes de coraux : les durs et les mous. Les polypes du corail dur sont des bâtisseurs de récifs. Les coraux mous ont une enveloppe plus flexible et viennent souvent s'installer aux côtés de ceux en « pierre ».

83. Pourquoi ont-ils des formes si différentes ?

Certains coraux sont faciles à identifier car leur nom les décrit parfaitement. Le corail cerveau, par exemple, a la forme d'une cervelle de mammifère. Il se développe très lentement mais peut atteindre la taille d'un gros rocher. Le corail corne de cerf fait partie des coraux qui poussent le plus rapidement : c'est un bâtisseur de récifs important.

84. Comment se forment les jardins multicolores sous-marins ?

Dans les eaux chaudes, les coraux peuvent prendre des allures très étranges et ressembler à des buissons, des arbres ou des champignons. La forme des coraux dépend de l'espèce et de sa position sur le récif.

85. Forment-ils tous des colonies ?

Non, tous les polypes de corail ne forment pas de colonies. Certaines espèces vivent seules, dans l'océan près de l'Antarctique... endroit où les températures glaciales excèdent rarement les 6 °C ! On ne sait pas grand-chose sur ces coraux solitaires.

Un corail cerveau

Un corail corne de cerf

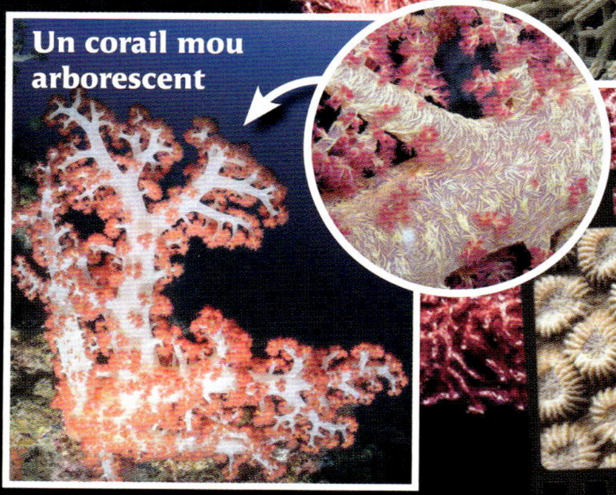
Un corail mou arborescent

Différents coraux durs

ANCIENS RÉCIFS

On trouve encore des stromatolithes au Brésil, au Mexique et à l'ouest de l'Australie.

Stromatolithes à Shark Bay, en Australie

86. Que deviennent-ils avec le temps ?

Au fil du temps, ces récifs de coraux se sont transformés en roche appelée le « calcaire ». Les paléontologues connaissent les espèces animales éteintes des récifs en étudiant le calcaire dans lequel les restes d'animaux se sont fossilisés. Ces restes leur permettent de comprendre comment la Terre, les animaux et les plantes ont évolué au cours du temps.

Corail fossilisé

Coupe d'un stromatolithe

87. De quand datent les plus vieux récifs ?

Ils se sont formés il y a plus de 500 millions d'années. Ils étaient composés de monticules appelés « stromatolithes », qui ont été créés par des formes de vie minuscules : les cyanobactéries. Au cours des millions d'années, ces monticules ont grandi et se sont rejoints pour former les anciens récifs.

88. Les espèces animales et végétales se sont-elles déjà éteintes ?

L'extinction massive la plus importante a eu lieu il y a environ 250 millions d'années. De nombreux coraux bâtisseurs de récifs ont disparu pour être remplacés par d'autres espèces qui ont évolué des milliers, voire des millions d'années plus tard.

89. Peuvent-ils se transformer ?

Certains sites d'anciens récifs coralliens ont formé des îles ! C'est le cas des îles Marshall qui se trouvent au milieu de l'océan Pacifique, près de l'équateur. Ces îles sont constituées de calcaire, et lorsque les scientifiques ont étudié les profondeurs de la roche, ils se sont aperçus que leurs plus anciens récifs dataient de 50 millions d'années !

Les Îles Marshall

La Grande Barrière de corail en Australie

90. Ont-ils changé avec le temps ?

Les coraux ont peu changé depuis au moins 230 millions d'années : d'après les fossiles que l'on a trouvés, les coraux vivant à l'époque des dinosaures ressemblaient beaucoup à ceux d'aujourd'hui. Le plus vieux corail (appartenant au genre des porites) habite la Grande Barrière de corail, en Australie.

OÙ DANS LE MONDE ?

91. Quelle surface recouvrent-ils ?

Les récifs coralliens des eaux chaudes couvrent environ 280 000 km^2 de la surface de la Terre. Si on les réunissait tous, cela représenterait moins de la moitié de la superficie de la France !

92. Qu'est-ce que le Triangle du corail ?

C'est une zone de l'océan Pacifique située entre l'Indonésie, les Philippines, la Malaisie, la Papouasie-Nouvelle-Guinée, les îles Salomon et Timor. Il représente 30 % des récifs coralliens du monde. 3 000 espèces de poissons y vivent ainsi qu'une vingtaine d'espèces de mammifères marins (dugongs, baleines et dauphins).

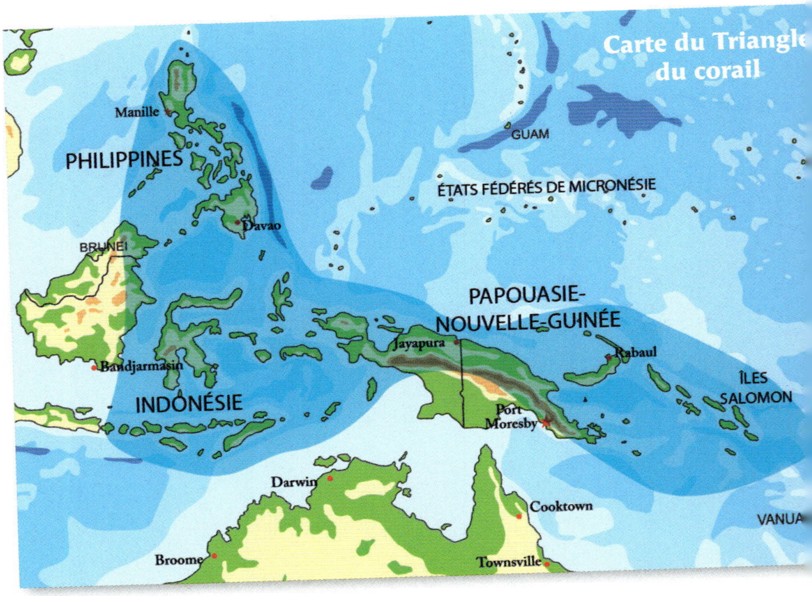

93. Dans quelles eaux trouve-t-on les coraux ?

Uniquement dans les eaux claires et calmes, sans minuscules particules de terre, de boue ou de sable qui empêchent la lumière d'atteindre le fond marin. Les polypes ne peuvent pas vivre près des embouchures des rivières ou dans des zones dont le courant des mers est trop violent. Pour des raisons de survie, ils ne peuvent pas non plus habiter des mers trop salées !

94. La lumière du Soleil traverse-t-elle l'eau aussi facilement que l'air ?

Non, comme les zooxanthelles ont besoin de lumière, les polypes qui les hébergent se développent uniquement dans des eaux peu profondes (10 m environ en fonction de la pureté de l'eau). Ceci explique pourquoi les récifs coralliens des eaux chaudes se développent près des côtes !

95. Les polypes coralliens s'installent-ils n'importe où ?

La zooxanthelle, qui vit à l'intérieur de leur corps, a besoin de chaleur et de lumière pour transformer l'énergie du Soleil en nutriment. Ils se développent donc généralement dans les mers et les océans situés près des tropiques, une région entre le tropique du Cancer et celui du Capricorne.

TYPES DE RÉCIFS

96. Quelles sont les différentes sortes de récifs ?

Il existe trois principales sortes de récifs. Ceux dits « frangeants » sont les plus courants : ils se développent près des terres qui se trouvent sous l'eau, avec peu d'espace entre le récif et les terres émergées. Viennent ensuite les récifs barrières, qui se forment également là où les terres rencontrent l'océan, mais ils sont séparés de la terre par une étendue d'eau assez importante. Enfin, les atolls sont des récifs circulaires qui ont un lagon en leur centre.

Un récif frangeant à la Réunion

La Grande Barrière de corail en Australie

De nombreux atolls aux Maldives

Des atolls en Jamaïque

97. Où se forment les récifs isolés ?

Ils se forment dans les eaux peu profondes et leur sommet n'est visible qu'à marée basse. Ils sont généralement ronds ou ovales et les bords extérieurs sont entourés de sable.

98. Comment se forment les atolls ?

Le scientifique Charles Darwin (1809-1882) a suggéré que la plupart des atolls s'étaient formés quand des îles ou des volcans s'étaient enfoncés dans l'eau ; des récifs de coraux se sont développés tout autour. La théorie de Darwin fut validée bien plus tard après sa mort !

99. Pourquoi ont-ils souvent des lignes ou des courbes ?

Les bancs de coraux forment souvent des lignes ou des demi-cercles. Ces récifs ont des contreforts (zone faisant face à la mer) composés de coraux durs, capables de supporter les courants marins violents ou les fortes vagues.

100. À quoi ressemblent les Maldives ?

Situées dans l'océan Indien, elles sont composées de 1 190 îles récifales et de 26 atolls. Comme elles sont bâties à partir de corail, les îles sont très basses : elles ne dépassent pas 2 m d'altitude. Il n'y a pas beaucoup de terre si bien qu'à part des cocotiers, peu de plantes y poussent.

COMPOSITION D'UN RÉCIF

101. Les récifs coralliens peuvent-ils devenir grands ?

Oui même très grand, mais seules les parties extérieures d'un récif sont vivantes. Les zones qui se trouvent à l'intérieur sont donc mortes : elles sont composées de milliards de dômes de pierre qui ont un jour abrité des polypes coralliens vivants.

102. Qu'est-ce que le platier ?

C'est la partie du récif la plus proche de la terre. C'est une zone où les polypes ont beaucoup de mal à grandir correctement à cause des effets de la marée : elle peut laisser le corail exposé hors de l'eau pendant de longues périodes.

103. Où poussent les coraux sur un récif ?

La plupart des coraux poussent sur le flanc du récif qui fait face à la mer et au vent. Cette partie s'appelle « la zone frontale ». Elle est réchauffée par les courants océaniques. Les coraux qui y vivent grandissent vers le haut et vers l'extérieur, en bâtissant le récif couche par couche pendant des milliers d'années. La partie la plus haute de la zone frontale se nomme « la crête » : les polypes qui habitent cet endroit doivent supporter des vagues de grande amplitude.

104. Comment est constituée la zone frontale ?

Elle est divisée en trois parties. Tout en bas, où il fait le plus sombre, des coraux se forment en plaques. En grandissant, ils s'étendent vers la lumière solaire afin que la zooxanthelle puisse les nourrir. Au milieu poussent des coraux plus massifs et résistants aux courants marins. Près de la crête, de longs coraux aux ramifications robustes font leur apparition.

Un barracuda

Un requin corail

105. Que sont les contreforts ?

Les coraux construisent une zone de contreforts qui brise les vagues et absorbe une partie de leur impact avant qu'elles ne heurtent le reste du récif. C'est un lieu où aiment nager les barracudas et les requins.

DANS LES EAUX FROIDES

106. Et dans les eaux froides, y a-t-il autant de récifs coralliens ?

Quelques-uns de ces récifs de haute mer ont été découverts il y a 250 ans. Pourtant moins étudiés que ceux des mers chaudes, on pense que les récifs des eaux froides sont bien plus nombreux !

107. À quelle profondeur vivent-ils ?

Les coraux d'eau froide vivent à des profondeurs comprises entre 200 et 1 500 m. Le plus grand récif corallien d'eau froide mesure 40 km de long et près de 3 km de large.

108. Ont-ils aussi des zooxanthelles ?

Les polypes des coraux d'eau profonde ne possèdent pas de zooxanthelles, et n'ont donc pas besoin de la lumière du Soleil pour survivre. Ils se nourrissent exclusivement d'animaux minuscules, le zooplancton. Les polypes les attrapent avec leurs tentacules aux aiguillons empoisonnés puis les attirent vers leur bouche.

109. Quel corail trouve-t-on ?

Lophelia pertusa est un corail blanc et dur d'eau froide qui forme la plupart des récifs de l'océan Atlantique. Les scientifiques ont découvert plus de 1 300 espèces animales vivant dans des récifs des eaux froides situés dans l'Atlantique Nord. Ces récifs abritent, entre autres, des requins, des crabes, des anémones, des éponges, des congres, des escargots et des vers marins.

Un congre

Une anémone blanche dans les îles Anglo-Normandes

Des anémones d'eaux froides en Islande

110. Pourquoi poussent-ils lentement et meurent-ils rapidement ?

Les coraux d'eau froide mettent des milliers d'années à pousser mais ils sont détruits à une vitesse inquiétante. Les scientifiques pensent que leur disparition est causée par la pollution et une méthode de pêche particulière : la pêche au chalut. Un lourd filet est tiré par un bateau et racle le fond marin. Il attrape certes des poissons mais détruit aussi le corail et les végétaux sur son passage.

LA GRANDE BARRIÈRE DE CORAIL

111. Où se trouve la Grande Barrière de corail ?

Située au large des côtes nord-est de l'Australie, la Grande Barrière de corail est la plus grande structure construite par des animaux. Elle recouvre une partie de la mer de Corail qui s'étend sur plus de 2 000 km.

112. Comment est-elle composée ?

Elle n'est pas faite d'un seul bloc mais se compose d'environ 3 000 récifs et de 2 000 îles. On pense qu'il a fallu 20 millions d'années à cette chaîne de récifs pour atteindre cette taille gigantesque.

La Grande Barrière de corail en Australie

Récif du Cœur Whitsundays, Australie

113. Quand a été créé le parc marin de la Grande Barrière de corail ?

Un poiss Napoléo

En 1975, pour protéger le récif et sa faune. Cette zone abrite une immense variété d'animaux : 4 000 espèces de mollusques, 1 500 de poissons, 400 de coraux, 200 d'oiseaux, 125 de requins et de raies, 30 de baleines, de dauphins et de marsouins, 14 de serpents de mer et 6 de tortues marines !

Une réplique de l'*Endeavour* amarrée à côté du musée national de la Marine de Sydney

James Cook

114. Qui vit dans cet endroit ?

Les populations autochtones près de la Grande Barrière ainsi que les îliens du détroit de Torres pêchent dans la mer de Corail depuis près de 60 000 ans. Encore aujourd'hui, certains autochtones ont conservé leurs traditions ancestrales : ils chassent les poissons à la lance ou plongent et les attrapent à la main !

115. Quand a-t-elle été découverte ?

La Grande Barrière de corail n'a été étudiée par des scientifiques qu'à la fin du XVIIIe siècle ! À bord de l'*Endeavour*, l'explorateur britannique James Cook (1728-1779) s'échoua sur le récif en juin 1770. Son équipage mit six semaines à réparer les dégâts infligés au bateau, période pendant laquelle Cook étudia les récifs et leur faune.

DANS LES CARAÏBES

116. Existe-t-il d'autres grands récifs coralliens ?

Le deuxième plus grand récif du monde est le récif des Caraïbes. Appelé également le récif mésoaméricain, il est situé dans la mer des Caraïbes, à l'ouest de l'océan Atlantique.

117. Quelle est sa taille ?

Vieux de 225 millions d'années, le récif mésoaméricain longe sur plus de mille kilomètres les côtes du Mexique, du Belize, du Guatemala et du Honduras. Il abrite plus de 65 espèces de corail dur.

118. Ce récif protège-t-il les terres des ouragans ?

Oui en effet, d'immenses mangroves poussent près des côtes, derrière le récif. Les coraux et les palétuviers forment ensemble une barrière qui amoindrit les effets de tempêtes tropicales très violentes frappant régulièrement les côtes caribéennes.

Une vue aérienne d'îles de mangrove avec récifs de corail

Un palétuvier isolé dans l'eau

Un récif coloré

Un requin-baleine

119. De quoi vivent les populations humaines près des récifs ?

Au cours de l'histoire, la principale nourriture a toujours été le poisson. De nombreux peuples habitant les zones côtières pêchent autour du récif comme le veulent leurs traditions ancestrales.

120. Pourquoi les pirates cachaient-ils leur navire parmi les nombreuses îles des Caraïbes ?

Pour ne pas être repérés ! Les explorateurs vinrent eux aussi, à la recherche d'or ou pour établir des routes commerciales.

Un bateau de pirates

LES ÎLES DE FEU

121. Pourquoi les récifs coralliens d'Hawaï sont-ils différents de tous ceux que l'on trouve sur notre planète ?

Ils se sont formés autour d'un archipel (une ceinture d'îles) qui s'est développé lorsque des volcans sont entrés en éruption au beau milieu de l'océan Pacifique. Hawaï est un État américain mais très loin de tout continent terrestre : il est l'un des groupes d'îles les plus isolés au monde !

Une formation géologique au large de l'île Oahu, Hawaï

Des coulées de lave dans l'océan

122. Les volcans sont-ils toujours actifs ?

Les volcans sont entrés en éruption dans cette région il y a environ 70 millions d'années... Certains sont toujours en activité aujourd'hui !

123. Quelle forme de vie trouve-t-on dans les récifs hawaïens ?

Près d'un quart des animaux et des plantes vivant dans les récifs coralliens d'Hawaï n'existent nulle part ailleurs. Les algues jouent un rôle très important car elles transforment le dioxyde de carbone en oxygène, gaz nécessaire à la respiration des animaux, dont les polypes par exemple ! Certaines produisent du calcaire qui permet aux coraux de se fortifier.

124. Pourquoi des milliers de baleines à bosse viennent-elles chaque année dans les eaux hawaïennes ?

Elles parcourent plus de 6 000 km pour migrer dans les eaux tropicales en hiver. Une fois arrivés à Hawaï, les mâles chantent pour attirer une femelle afin de se reproduire. Certaines femelles mettent bas et apprennent à leur petit à bien nager pour repartir plus tard vers le pôle Nord.

125. Comment les habitants ont-ils réussi à préserver leurs récifs ?

En décembre 2000, ils ont obtenu la signature d'un décret présidentiel instaurant une réserve marine de 340 000 km^2 pour protéger les coraux ainsi que la faune et la flore qui y vivent.

COULEURS DE CARNAVAL

Des limaces de mer

126. Pourquoi les poissons coralliens sont-ils parés de somptueux motifs et de couleurs éclatantes ?

C'est important pour leur survie : les couleurs rouges s'assombrissent dans l'eau, les bandes leur permettent de se camoufler et les taches peuvent intimider les prédateurs. La lumière du Soleil se réfléchit sur les récifs de telle manière qu'elle modifie les couleurs, permettant ainsi aux poissons de se fondre dans le décor.

127. Que sont les limaces de mer ?

Les limaces de mer, aussi appelées « nudibranches », possèdent de superbes couleurs et des excroissances plumeuses sur le dos qui leur permettent de respirer sous l'eau. Certains nudibranches sont de petite taille, mais les plus grands atteignent 20 centimètres de long, comme la « danseuse espagnole ».

Une danseuse espagnole

Une rascasse volante

128. Qu'est-ce que le mimétisme ?

Une pieuvre

Les animaux utilisent souvent leurs couleurs pour se fondre dans leur environnement : cette méthode de camouflage s'appelle le « mimétisme ». Ils s'en servent pour ne pas être vus.

129. Pourquoi les seiches peuvent-elles changer de couleur en une seconde ?

Pour se cacher ou attirer leurs proies ! Leur peau peut prendre des couleurs rouges, jaunes, orange, marron ou noires. Ces mollusques sont même capables d'afficher des motifs, comme des rayures ou des points.

Une seiche

130. À quoi servent les épines des rascasses volantes ?

Ce sont leur seul moyen de défense, elles sont synonymes de danger pour les autres animaux coralliens. Lorsqu'elles se sentent menacées, elles réagissent à la vitesse de l'éclair : elles hérissent les épines de leur corps qui contiennent un venin mortel puis les enfoncent dans la chair de leurs prédateurs.

À L'ATTAQUE !

131. De quoi se nourrissent les animaux des récifs ?

Certains broutent les algues mais d'autres chassent et tuent car ils ne mangent que de la viande.

132. Les cônes sont-ils des coquillages inoffensifs ?

Non, ils en ont l'air mais leur apparence est trompeuse. Ces escargots marins rampent sur les récifs à la recherche de nourriture. Ils injectent un poison puissant avec une sorte de langue rigide (appelée « radula ») dans le corps de leur victime pour la paralyser. Ce venin peut être très dangereux, voire mortel, pour l'homme !

Deux espèces de cônes

133. Les requins des récifs sont-ils agressifs ?

Pas forcément car ils se nourrissent principalement de poissons osseux, ainsi que de calmars, de poulpes et plus rarement de crustacés comme les crabes et les homards. Cela dit, les requins taureaux attaquent parfois les nageurs près des récifs. Les requins sont attirés par les récifs coralliens car c'est un endroit qui abrite des milliers de poissons.

134. Comment les anémones de mer et les méduses font-elles pour attaquer leurs proies ?

Elles ont des aiguillons dont elles se servent. Les anémones sont des invertébrés généralement très petits qui restent fixés sur le fond marin ou sur le corail ; elles attendent que les courants marins leur amènent de la nourriture. Les méduses possèdent des tentacules urticants sous leur corps qui peuvent atteindre plusieurs mètres. Pour se déplacer, elles nagent ou se laissent porter au gré des courants.

Une méduse

Une anémone de mer

135. La pieuvre à anneaux bleus est-elle dangereuse ?

Elle ne mesure que 20 cm de long mais sa salive contient un poison assez puissant pour tuer un homme !

Une pieuvre à anneaux bleus

VIVRE ENSEMBLE

136. Les animaux et les plantes habitant les récifs coralliens ont-ils besoin les uns des autres pour survivre ?

Une relation étroite entre deux êtres vivants s'appelle une « symbiose ». Parfois, cette coopération est bénéfique pour les deux mais ce n'est pas toujours le cas !

137. Comment se déplace le rémora ?

Le rémora est un poisson pilote à ventouse. Ces poissons s'attachent aux requins et à d'autres grands animaux marins pour voyager. Ainsi, ils se font transporter sans avoir besoin de dépenser de l'énergie, mais ils peuvent affecter la capacité de chasse des requins en les ralentissant.

Deux rémoras sur une raie manta

Un rémora sur un requin-tigre

Un crabe boxeur

138. Comment les labres nettoyeurs manifestent-ils leur disponibilité à nettoyer les autres animaux du récif ?

Le labre nettoyeur se nourrit des parasites gênants fixés sur le corps ou les dents d'autres poissons. Quand ils ont faim, ils dansent pour attirer l'attention des poissons qui attendent patiemment leur tour pour être nettoyés !

Trois labres nettoient des murènes

139. Comment se défend le crabe boxeur ?

C'est un tout petit crabe de 2 cm maximum reconnaissable au motif en mosaïque qui orne sa carapace. Il utilise des anémones de mer urticantes comme des gants de boxe. Il les agite en direction des prédateurs qui s'approchent trop près !

140. Les zooxanthelles ne vivent-elles qu'avec le corail ?

Non, avec les bénitiers géants aussi ! Ces mollusques peuvent atteindre 1,5 m de long et vivre plus de 70 ans. Des zooxanthelles vivent sur les extrémités de l'énorme coquille du bénitier et lui fournissent des nutriments. Comme les polypes du corail, les bénitiers et les algues ont besoin les uns des autres pour survivre.

Un bénitier géant

LA NUIT DANS LE RÉCIF

141. Que se passe-t-il quand le Soleil se couche ?

Le récif corallien change. Les polypes sortent de leur dôme et déploient leurs tentacules, produisant toute une gamme de couleurs et de mouvements. Les animaux actifs au cours de la journée s'endorment dans des crevasses sombres ou sur les fonds marins alors que d'autres se réveillent dans l'obscurité pour trouver de quoi se nourrir.

Un calmar

Le polype s'ouvre la nuit.

Une anémone

Un ver de feu

142. Comment les animaux se repèrent-ils la nuit ?

Les animaux nocturnes possèdent souvent des sens très développés qui leur permettent de détecter les mouvements, la lumière, le bruit et les substances chimiques que produisent d'autres animaux.

143. Peut-on plonger la nuit ?

Oui, les hommes plongent la nuit pour découvrir la magnifique faune corallienne. Le jour, on y observe une multitude d'animaux et de végétaux. Mais la nuit, l'ambiance change : on y découvre un ballet de poissons, de polypes, de crustacés... qu'on ne peut voir que de nuit !

144. Les vers de feu sortent-ils de leur cachette ?

Vivant sous des rochers, ces vers possèdent des épines venimeuses sur le dos, qui ressemblent à de la fourrure. On peut les observer la nuit en été. En effet, les adultes sortent (souvent au cours d'une pleine Lune) pour se reproduire. Les femelles produisent une lueur verte afin d'attirer les mâles dans les eaux sombres !

145. Y a-t-il des regroupements la nuit ?

À la fin de l'été, des milliers d'individus se rassemblent pour entreprendre un long voyage. Marchant en file indienne vers des eaux plus profondes et plus sombres, les langoustes peuvent parcourir près de 50 km chaque nuit pour atteindre leur lieu de reproduction.

Une murène sortie de sa cache en quête de nourriture

Une langouste et des poissons-soldats

Un requin nourrice

L'HOMME ET LE CORAIL...

La fabrication des colliers

146. Les populations locales dépendent-elles des récifs de coraux ?

Non seulement ces écosystèmes subviennent aux besoins des poissons et d'autres animaux mais ils protègent également les régions côtières des dégâts provoqués par les tempêtes et par l'action des vagues.

148. Ces écosystèmes servent-ils pour la science médicale ?

De nombreuses espèces de plantes et d'animaux vivant sur les récifs sont utilisées pour la recherche de nouveaux médicaments : par exemple, les substances issues des polypes coralliens servent à mettre au point des traitements contre certaines affections et à la reconstruction des os cassés.

147. Quels produits l'homme a-t-il commercialisés ?

La récolte de coraux rouges et roses (utilisés pour fabriquer des bijoux) a provoqué des inquiétudes car ils devenaient de plus en plus rares ! Donc, les quantités prélevées dans les récifs ont été réglementées : ces coraux ne sont pêchés que dans des zones où on est sûr qu'ils repousseront et les joailliers doivent en utiliser le moins possible.

En laboratoire

Des fibres d'agar-agar

Du corail brut

150. Certains récifs protègent-ils des espèces particulières ?

Il existe environ 500 espèces d'algues qui vivent uniquement sur la Grande Barrière de corail. Certaines, comme l'agar-agar, contiennent des substances utiles à l'homme. De nombreuses espèces animales dépendent des récifs, et en font des écosystèmes parmi les plus riches de la planète.

149. Le tourisme est-il un moyen de subsistance pour les populations locales ?

Arrivant de la planète entière, des millions de personnes viennent admirer ce monde sous-marin merveilleux. L'argent que ces touristes dépensent sur place sert à soutenir les populations autochtones : l'hébergement, la nourriture et autres prestations.

OBSERVER LES CORAUX

151. Qu'y a-t-il de magique à explorer un récif ?

Immergés dans les eaux plus ou moins profondes, les récifs coralliens abritent toutes sortes d'espèces animales et végétales : un plongeur peut nager parmi des milliers de poissons multicolores qui se nourrissent et se protègent près des coraux.

153. Quel matériel est nécessaire pour observer les récifs profonds ?

Il faut une bouteille d'oxygène, une combinaison, des palmes et un masque pour qu'un plongeur puisse se déplacer autour d'un récif. En revanche, quand ce dernier est proche de la surface de l'eau, un simple masque et un tuba suffisent.

152. Les scientifiques plongent-ils pour observer les récifs coralliens ?

Il existe de nombreux centres de recherche et d'universités près de certains récifs où sont récoltées au jour le jour des informations afin d'étudier leur évolution au cours des années. Il y a même des laboratoires de recherche sous-marins qui permettent de les observer sans être obligé de remonter à la surface !

154. Hormis les récifs coralliens, que peut-on explorer d'autre ?

Les épaves ! Depuis les années 1990, de vieux navires ont été délibérément coulés pour créer des habitats aux animaux marins. Les plongeurs explorent différents récifs : les anciens mais aussi d'autres bien plus récents, comme ceux sur les épaves de bateau. Ainsi, ils peuvent voir des coraux s'installer et former de nouveaux récifs.

Un récif sur une épave

155. Explorer les récifs est fascinant… mais est-ce dangereux ?

Les requins à pointes noires se contenteront peut-être de mordiller les plongeurs en guise d'avertissement, mais la piqûre d'une cuboméduse peut être mortelle. On peut aussi y rencontrer des serpents de mer, des pieuvres et des poissons venimeux.

LES MANGEURS DE CORAIL

156. Comment appelle-t-on les mangeurs de corail ?

Ce sont des corallivores. Il existe plus d'une centaine d'espèces de poissons qui mangent les coraux des récifs. Non seulement ils se nourrissent du mucus formé par les polypes, des polypes eux-mêmes mais aussi de leur dôme calcaire.

Ces plongeurs ramassent des acanthasters.

157. Que sont les acanthasters ?

Ce sont des étoiles de mer « couronne d'épines », les plus grandes prédatrices de corail. Elles possèdent 10 à 20 bras dont chacun a une multitude de petits pieds pour se cramponner aux parois rocheuses. Pour se nourrir, l'étoile sort son estomac de son corps. Celui-ci libère des sucs digestifs qui vont liquéfier le corail. Elle n'a ensuite plus qu'à le « boire » !

Un triton trompette

158. Les petits poissons mangent-ils les coraux ?

Certaines espèces de poissons-papillons sont de grands mangeurs de coraux ! Dans certaines régions, ces poissons se nourrissent d'une telle quantité de corail que le récif ne grandit plus : c'est le cas des poissons-papillons jaunes de l'océan Indien. Grâce à leur petite bouche en forme de tube, ils peuvent attraper les polypes et leurs œufs dans leur dôme calcaire.

159. Pourquoi les coraux ne sont-ils pas complètement engloutis ?

Parce que d'autres espèces mangent les corallivores, régulant ainsi leurs populations. Ainsi le corail a le temps de se reproduire. Le triton trompette, par exemple, est le principal prédateur des acanthasters.

160. Comment les poissons-perroquets mangent-ils le corail ?

Ils creusent le corail avec leur bouche dure (qui ressemble à un bec) et le broient pour en extraire la matière vivante : les polypes et la zooxanthelle. Les parties calcaires du corail sont recrachées sous forme de sable blanc !

Un poisson-perroquet

LES RÉCIFS EN DANGER

Ce corail a presque totalement blanchi.

Un déversement dans la mer

Un barrage pollution

161. Le réchauffement climatique menace-t-il les récifs coralliens ?

Le réchauffement climatique entraîne une élévation de la température des mers et provoque la mort des polypes. Cependant, leur structure calcaire reste et se décolore pour prendre une couleur blanche. On parle alors de « blanchissement » du corail.

162. Est-ce que « pêcher » des poissons tue les récifs de coraux ?

Dans certaines parties du monde, les pêcheurs utilisent des bombes artisanales qui explosent et tuent des bancs entiers de poissons, réduisant en miettes le corail. D'autres pêcheurs utilisent du cyanure pour étourdir ou tuer les poissons, alors que ce produit est très toxique.

164. Les touristes mettent-ils aussi les récifs en danger ?

Les hommes habitant près des récifs vivent du tourisme. Cela entraîne une activité de pêche, des constructions et de la pollution. Certains touristes endommagent les récifs en marchant dessus ou en les touchant.

163. Les déchets des humains tuent-ils le corail ?

Par endroits, des canalisations évacuent dans la mer les eaux ménagères et industrielles. Celles-ci contiennent des substances chimiques qui empoisonnent et font blanchir les coraux !

165. Les récifs situés près des côtes littorales peuvent-ils subir des dégâts irrémédiables ?

Près des côtes, nous construisons des bâtiments. Lors de ces travaux, des parcelles de terre se détachent et se répandent dans la mer. L'eau devient trouble et empêche la lumière du Soleil de parvenir aux zooxanthelles : le corail meurt !

PRÉSERVER LES CORAUX

166. Pourquoi est-il important de sauver nos récifs coralliens ?

Il faut les protéger car ce sont des écosystèmes où vivent des espèces animales et végétales que l'on ne trouve nulle part ailleurs. En créant des parcs nationaux et en stoppant toute forme de pêche, ils peuvent se développer naturellement !

168. Des récifs artificiels peuvent-ils remplacer les récifs naturels détruits ?

En effet, des récifs fabriqués par l'homme se sont développés avec succès ! Mais de nombreux scientifiques étudient les récifs existants pour les préserver. Ils cherchent de nouvelles méthodes pour sauver les polypes des coraux et les aider à se réimplanter dans un récif mort.

170. Les parcs et réserves sont-ils efficaces ?

En Indonésie, le Parc National de Komodo a une superficie de 2 000 km^2 de terre et de mer. Il représente un endroit sûr pour de nombreuses espèces marines ou terrestres. Leurs populations se stabilisent car il est interdit de chasser les animaux à l'intérieur, mais aussi leurs proies.

167. Toutes les parties de l'écosystème d'un récif doivent-elles être protégées ?

Supprimer une seule espèce de poissons peut avoir des conséquences terribles pour les autres animaux et plantes qui vivent dans le récif. Aider les populations locales à trouver de nouveaux moyens pour gagner de l'argent et se nourrir leur permet de ne plus surexploiter et détruire le récif.

169. Est-il encore temps ?

Les scientifiques pensent que de nombreux récifs coralliens peuvent être sauvés si on les protège dès maintenant. La pollution est l'une des causes principales de la mort des coraux, et y mettre un terme pourrait avoir un effet immédiat pour la survie des récifs.

Une raie manta près de l'île de Komodo

Flores, parc national de Komodo, Indonésie

LES ZONES OCÉANIQUES

171. Jusqu'où parle-t-on de zone littorale ?

Les 200 premiers mètres de l'océan depuis la terre forment la zone littorale. C'est une zone lumineuse mais, en dessous de 10 mètres une grande partie de la lumière rouge est absorbée, donnant une couleur terne à de nombreuses créatures.

172. Pourquoi la température de l'eau change-t-elle peu à peu ?

Les eaux océaniques ont une inertie thermique élevée ce qui signifie qu'elles se réchauffent et se refroidissent lentement. On estime qu'elles maintiennent leur température quatre mille fois mieux que l'air.

173. Qu'est-ce que le phytoplancton ?

Ce nom regroupe des plantes marines si petites qu'elles sont invisibles à l'œil nu. Elles sont à la base de toute la chaîne alimentaire océanique. Six milliards de phytoplanctons sont générés chaque année, produisant la moitié de l'oxygène de notre atmosphère. Sans lui, il n'y aurait presque aucune vie animale !

174. Pourquoi, à mesure que l'on s'enfonce dans les océans, notre corps ressent-il un poids de plus en plus lourd ?

L'eau est 830 fois plus dense que l'air : elle a donc plus de poids. C'est la densité de l'eau qui aide les objets à surnager ou à flotter. Mais plus on descend, plus la pression de l'eau qui s'exerce est forte.

Du phytoplancton

Un requin-pèlerin

Un banc de maquereaux

LES ZONES OCÉANIQUES

175. Qu'est-ce que la zone crépusculaire ?

La zone crépusculaire est comprise entre 200 et 1 000 m de profondeur. Suffisamment de lumière y pénètre pour que les animaux puissent voir et être vus. Prédateurs et proies y mènent un combat incessant pour leur survie.

176. Trouve-t-on des reliefs dans la zone crépusculaire ?

Il y a peu de roches auxquelles s'agripper. Aussi, les animaux qui y vivent sont pour la plupart des flotteurs ou des nageurs. Bon nombre d'entre eux ont des formes curieuses, leurs corps étant souvent mous et gélatineux. Les cténophores appartiennent à cette catégorie mais leur corps peut se durcir s'ils contractent leurs muscles. Certains ont de longs tentacules collants pour attraper leurs proies.

177. Comment se déplace le nautile ?

Le nautile peut nager, flotter et se déplacer sur toute la hauteur de la zone crépusculaire. En introduisant du gaz dans les loges de sa coquille, il expulse de l'eau : le nautile s'allège et flotte. À l'inverse, lorsque le gaz est remplacé par du liquide, le nautile coule.

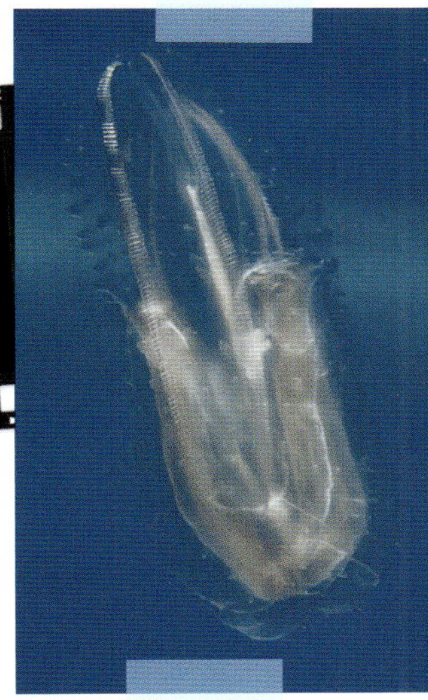

Les cténophores nagent à l'aide de sortes de peignes multicolores qui scintillent sous l'effet de la diffraction de la lumière.

178. Comment les cachalots y chassent-ils ?

Les grands cachalots au corps massif plongent dans la zone crépusculaire pour chasser des calmars. Ils peuvent descendre jusqu'à 1 000 m et retenir leur respiration pendant 90 minutes.

179. Que sont les pennatules ?

Les pennatules s'ancrent sur le fond de la zone crépusculaire et se nourrissent de plancton en l'attrapant à l'aide de leurs branches semblables à des plumes.

Des pennatules

LES ZONES OCÉANIQUES

180. Que sont la zone sombre et la zone abyssale ?

La zone sombre se situe entre 1 000 et 4 000 m de profondeur, et la zone abyssale jusqu'à 6 000 m. Aucune lumière ne pénètre dans ces zones, il règne un froid extrême. Le plancher sous-marin y est fait de plaines, de montagnes, et même de volcans !

182. Qu'est-ce que la bioluminescence ?

Certains animaux des profondeurs créent leur propre lumière pour attirer leurs proies, trouver un partenaire ou désorienter un prédateur. On appelle ce phénomène la bioluminescence, créé par des organes nommés photophores.

183. Qu'est-ce que la zone hadale ?

À certains endroits, les océans cachent des fosses de plus de 6 000 m. Il s'agit de la zone hadale, qui tire son nom du dieu grec Hadès, le maître des Enfers. C'est le plus sombre et le plus mystérieux des habitats.

181. Qu'est-ce que la neige sous-marine ?

Des milliards de petites particules tombent dans la zone sombre en petits flocons. Ce sont les déjections des animaux du dessus ainsi que des cadavres végétaux et animaux. La neige sous-marine est une source de nourriture importante pour des milliards de créatures des fonds marins.

184. Où se trouve le point le plus profond de l'océan ?

La fosse des Mariannes, dans l'océan Pacifique, est la fosse océanique la plus profonde actuellement connue. Elle descend à 11 034 m de profondeur. Des organismes y vivent malgré les fortes pressions de l'eau, mais les scientifiques ne connaissent encore presque rien à leur sujet.

Des méduses bioluminescentes

CHALEUR DES PROFONDEURS

185. Existe-t-il des endroits chauds ?

Les fonds sous-marins sont généralement des endroits froids, où les animaux luttent pour survivre. Mais, dans certaines zones, souvent à proximité des volcans sous-marins, l'eau est beaucoup plus chaude et la vie y prospère.

186. Qu'appelle-t-on « magma » ?

C'est une couche de roche brûlante, semi-liquide, qui se trouve sous la surface de la Terre. À certains endroits, le magma est proche du fond océanique : l'eau va alors chauffer, après s'être infiltrée dans les fissures des rochers (les évents hydrothermaux). En remontant vers le fond océanique, l'eau dissout les minéraux des roches et jaillit, comme une fontaine, à travers un évent.

Un volcan en activité : la lave descend dans la mer.

187. Quand les évents hydrothermaux ont-ils été découverts ?

Dans les années 1970 dans l'océan Pacifique. Depuis, d'autres ont été trouvés dans les océans Atlantique, Indien et Arctique. La plus grande zone d'évents hydrothermaux se situe près de la dorsale médio-atlantique : elle est de la taille d'un terrain de football.

188. Que trouve-t-on près des évents hydrothermaux ?

Certains abritent des créatures microscopiques, tandis que d'autres hébergent des colonies de patelles, de crevettes, d'étoiles de mer et de vers tubicoles, qui survivent dans l'obscurité. Ces créatures vivent et grandissent grâce aux minéraux contenus dans l'eau surchauffée des évents.

189. Comment vivent les vers tubicoles ?

Les vers tubicoles des évents, qui peuvent atteindre 2 mètres de long, vivent sans rien manger. Ancré au fond marin, chaque ver est protégé par le tube dans lequel il vit. Un panache rouge au sommet recueille l'eau de mer, riche en minéraux qui atteignent les bactéries du corps du ver pour être transformés en nutriments.

Des vers tubicoles

RESPIRER ET PLONGER

190. Comment les animaux respirent-ils sous l'eau ?

Respirer signifie « absorber l'oxygène » et la respiration consiste à utiliser cet oxygène pour libérer de l'énergie. La plupart des animaux marins possèdent des branchies, des organes qui filtrent l'oxygène dissous dans l'eau de mer.

191. Qu'est-ce qu'une vessie natatoire ?

La plupart des créatures marines possèdent une vessie natatoire qui les aide à supporter le changement de pression à mesure qu'elles nagent vers les profondeurs. Une vessie natatoire est un sac rempli d'air et de gaz qui se gonfle lorsque le poisson remonte, et se vide lorsqu'il descend.

192. À quelle profondeur peut descendre le grand cachalot ?

Le grand cachalot conserve l'oxygène dans son sang et dans ses muscles, afin de descendre chasser jusqu'à 3 000 mètres de profondeur. Les cétacés ont une cage thoracique souple qui permet aux poumons de rétrécir pendant les plongées.

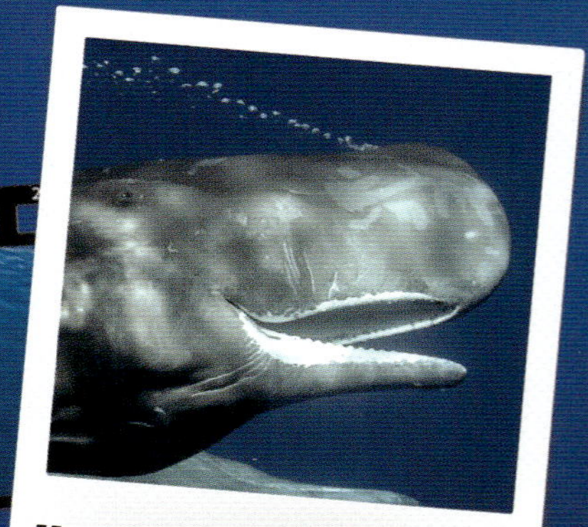
Un grand cachalot

193. Quelle est la sprinteuse des profondeurs ?

La baleine pilote ! Lorsqu'elle plonge, elle peut descendre à plus de 1 000 m de profondeur pendant plus de 15 minutes. Quand elle repère une proie, elle peut nager à plus de 30 km/h et maintenir cette vitesse de pointe sur plus de 200 m !

194. Les créatures simples ont-elles des organes spécifiques pour respirer ?

Non, elles absorbent l'oxygène présent dans l'eau à travers leur peau ! À partir de 700 m, le taux d'oxygène est presque inexistant mais il augmente à nouveau à de plus grandes profondeurs.

LES PLUS GROS ANIMAUX

195. Les baleines sont-elles les plus gros animaux ?

Les baleines sont les plus gros animaux qui peuplent notre planète aujourd'hui. Certaines sont plus longues et plus lourdes que les plus grands camions conçus. Elles ont besoin de beaucoup de force musculaire et d'énergie pour bouger un corps de cette taille. Comme elles vivent dans l'océan, l'eau les aide à déplacer cette masse imposante.

196. Quel animal a la plus grande bouche ?

La baleine boréale est l'animal qui possède la plus grande bouche ! La baleine boréale mesure 18 m de long, sa bouche représente environ un tiers de sa longueur. 20 personnes pourraient tenir dans sa bouche ouverte !

Des timbres sur lesquels figure la baleine boréale.

197. Les baleines respirent-elles comme les humains ?

Elles doivent retenir leur respiration lorsqu'elles plongent sous l'eau pour se nourrir. Peu d'entre elles peuvent rester sous l'eau plus d'une heure comme l'hyperoodon boréal. La plupart des humains ont du mal à retenir leur respiration plus d'une minute !

198. La baleine bleue est-elle le plus gros animal qui existe ?

Elle peut mesurer jusqu'à 30 m de long, autant que sept voitures mises bout à bout. Son poids peut atteindre 150 tonnes : elle est donc aussi lourde que 2 000 adultes ou 35 éléphants. C'est le plus gros animal du monde.

Une baleine bleue

Une baleine bleue

UNE GRANDE FAMILLE

199. Combien y a-t-il d'espèces de cétacés ?

Ce groupe de mammifères marins comprend 80 espèces de baleines, dauphins et marsouins ! Le groupe des baleines se divise en deux grands types : les baleines à fanons et les baleines à dents.

200. Qui sont les « grandes baleines » ?

Les baleines à fanons sont les plus gros membres de la famille des cétacés. Elles attrapent leur nourriture grâce à de longues franges appelées « fanons » situées dans leur bouche : c'est le cas du rorqual boréal qui mesure 16 m de long et pèse 25 tonnes.

Un rorqual

201. Comment les baleines à dents capturent-elles leurs proies ?

Elles les capturent grâce à leurs dents pointues. Ce sous-groupe comprend les cachalots, les baleines à bec et les globicéphales comme le béluga, également appelé « baleine blanche ».

Une orque (ou épaulard)

Des baleines à bec

202. Combien existe-t-il d'espèces de marsouins ?

Il en existe 6. Ils sont généralement très petits, 2 m de long ou moins. Ils ont une tête plus arrondie que les dauphins. Les marsouins de Cuvier ne possèdent pas de nageoires sur leur dos lisse.

203. Combien existe-t-il d'espèces de dauphins ?

On recense plus de 35 espèces de dauphins. La plupart d'entre eux mesurent de 2 à 3 mètres de long. Ce sont des nageurs rapides que l'on peut voir souvent bondir, faire des cabrioles et des sauts périlleux au-dessus des vagues avant de retomber dans l'eau.

Un marsouin commun

Un marsouin de Cuvier

DES SENS AIGUISÉS

204. Les cétacés disposent-ils d'une bonne vue ?

Les yeux d'une baleine, identiques à ceux d'un humain, sont habitués à voir en milieu sous-marin : même si l'eau est trouble, la vision des cétacés est supérieure à la nôtre.

205. Ont-ils l'ouïe fine ?

Des dauphins à long nez

Ils n'ont ni orifice ni oreille externe comme les humains. Les sons sont détectés à l'intérieur de la tête de l'animal, tout comme le fait l'oreille interne de l'homme. Beaucoup de baleines à dents se repèrent dans les eaux sombres en émettant des cliquetis. Elles écoutent ensuite les échos de ces bruits renvoyés par les rochers autour. Ce système s'appelle « l'écholocation ».

206. Quelle capacité ont-ils de plus qu'un homme ?

Ces animaux ont la capacité de détecter le magnétisme. Certaines baleines peuvent « ressentir » la faible force magnétique de la Terre. Pour cela, les humains doivent utiliser une boussole. Ce sens du magnétisme les aide à se diriger pendant les longs déplacements ou migrations dans l'immensité sans repères de l'océan.

207. Ont-ils le sens du toucher ?

Les cétacés ont une peau très sensible. Ils frottent et caressent les autres membres de leur groupe ou leur partenaire pendant la période de reproduction. La maman baleine caresse son petit pour qu'il ait chaud et se sente rassuré.

Des baleines à bosses

Des cachalots

208. Ont-ils un bon odorat ?

L'odorat des cétacés est peu voire non développé. Les dauphins utilisent leur sens gustatif aigu pour savoir ce qu'ils mangent. Ils perçoivent, grâce au goût de l'eau, les différentes sortes de nourriture situées à proximité.

UNE VIE INCROYABLE

209. Le saumon est-il un poisson de mer ou un poisson d'eau douce ?

Le saumon vit dans la mer et remonte les rivières pour se reproduire. Les jeunes saumons restent dans l'eau douce pendant deux ans, puis ils passent de un à six ans en mer avant de retourner dans leur rivière d'origine.

210. Quels écosystèmes d'eaux froides ont été découverts au fond des océans ?

En 1987, des ingénieurs effectuant des forages de pétrole dans le golfe du Mexique ont trouvé des suintements froids (des fissures où des gaz s'échappent entre les rochers) qui abritent une vie animale. Cet écosystème repose sur la chimiosynthèse : les bactéries, se nourrissant des gaz, seront mangées par des animaux qui seront à leur tour dévorés par les crabes, le corail, les vers et les poissons.

211. Existe-t-il des animaux immortels ?

Oui et non ! La méduse microscopique *Turritopsis nutricula* serait capable, d'après les dernières observations scientifiques, d'inverser son processus de vieillissement. Elle semble ainsi pouvoir retrouver sa forme juvénile indéfiniment, et ne connaît donc pas de mort naturelle. Mais elle n'est pas indestructible : elle peut tomber malade, être mangée par des prédateurs, mourir de froid ou de faim...

La méduse *Turritopsis nutricula*

212. Qu'appelle-t-on la « migration verticale » ?

Chaque nuit, des milliards d'animaux entreprennent un long voyage. Ils remontent vers la zone littorale pour se nourrir, puis retournent dans les grands fonds le matin. On appelle ce mouvement de masse « la migration verticale » : il s'agit du plus important déplacement animal terrestre.